Richt' ma uns auf d'Füaß

Richt' ma uns auf d'Füaß

Texte: Isolde Kerndl

Bilder: Karl Moser

Edition Wald4tel

Herausgeber:

Edition Wald4tel

A-3910 Zwettl, Edelhof 3

www.edition.wald4tel.at

Texte: Isolde Kerndl

Bilder: Karl Moser

Lektorat: Mag. Herta Freund-Klopf

Gestaltung: www.waltergrafik.at

Druck: Janetschek, Heidenreichstein

ISBN: 3-901392-06-8

Füaß:

zan Viasteig'n,
zan Quersteig'n,
zan Zuwisteig'n

Bessa wås darennt

Es gibt lausige Sprüch', zum Beispiel:
„Bessa wås dawårt, åls wås darennt."
Unsa Nåchbår håt den Spruch ernst g'numma und
auf a Weib g'wårt – er is heit no ledig.
Da Schindler Ferdl håt zeitlebens auf's große Geld g'wårt,
er håt's nimma dawårt, vorige Wocha is a g'storb'n,
a kloane Leich, ohne Tot'ntrunk.
Den Oberdorfern eah Burgamoasta håt g'moant:
„Wårt's es å!" Des wår sei' letzte Red' åls Burgermoasta,
se håb'm eahm nimma g'wählt.
Mit da Wårterei is des so a Såch', es kimmt auf d'Zeit ån,
glei kånn's z'lång sei'.
Zuag'wårt håb'm de Seilerisch'n mit'n Kindakriag'n,
hiatzt åls a Ålta san's alloani.
„Wårt a bissl, der wird scho' no", sågt de Muatta zu da Tochta
und moant den außigråsad'n Schwiegasohn.
De Tochta håt z'lång g'wårt und er is ihr mit ana Jungan davau.
Dawårt'n kånnst da selt'n wås, net amål bei de Schwammerln,
bis größa word'n san, denn daweil håt's da scho oana wegbrockt.
„Nau wårt, du Rotztegl, du zwidana, i schmier da oane."
Da Rotztegl håt net g'wårt und håt si so a Tetsch'n daspårt.
„S'Risiko is z'groß, ma sollt nu a wengl wårt'n", des håt sich scho'
so måncher g'sågt und so is de Zeit vagaunga und nix is g'schehg'n.
Richt' ma uns liaba auf d'Füaß, denn darennt is sicha eahanta wås åls dawårt.

Fuaßg'schicht'n

Da Flurl vo' Åmselreith håt si spot auf d'Füaß g'richt.
Er wår scho fåst zwoa Jåhr ålt, bis er zum Geh' ång'fångt håt.
Hiatzt mit 36 hockt er nu ållweil in da Kuchl und riahrt si net
vom Fleck. Då san åber nimma de Füaß drån schuld.

Da Schneck' is schleimig, åba långsåm.
Månch oana glaubt, wånn er fest schleimt,
dånn kimmt er hoch nåch ob'n.
Wer Buckerl mächt und samsüaß red't,
den toan's ins G'sicht zwår lob'n,
doch hintabei då mög'ns eahm net
und låchan si in d'Faust.
Da Schleima selbm is a net froh,
weil vo' eahm selbm eahm graust.

Gånz liab g'füaßerlt håt da Håns mit da Gerti untan Tisch.
Nåch zehn Ehejåhr tritt er's, und sie stolpert traurig dahi'.

Mei' Weg is schmål und stoani
und i geh' eahm alloani,
wånn eahm wer gang mit mia,
dånn stang si vü dafia.

Miteinånda wollt' ma geh,
miteinånda wa' so sche'.
Geg'neinånder håb'm ma g'red't,
so geht's miteinånda net.

Stått jammern, geh'!
Entweda toan oder Gosch'n hålt'n.

Mei' Herz håt mi zu dir hi'zog'n,
meine Füaß hätt'n mi z'ruckg'hålt'n.
I håb' dem Herz nåchgeb'n,
åber meine Füaß hätt'n Recht g'håbt.

Glück allein

Wås ma ålles mit Füaß toa' kau'

Schloapf'n – hatsch'n,
tret'n – tåtsch'n,
schliafatsn und kräul'n.
Zeppeln – wåt'n,
humpeln – wåckeln,
nåchiziag'n und fäul'n.
Stöck'ln – füaß'ln,
hupf'n – springa,
oahaxlat steh'.

Stelz'n – watscheln,
krax'ln – steig'ln,
kniaband'ln und geh'.

Stellt's enk auf d'Füaß,
is's wia da wöll,
des vajågt enk in Teufi mitsåmt seina Höll'.

Da Dauarenna

I håb' de g'schwindan Füaß, bin überåll da Erste,
es kimmt ma koana nåch, wånn i so richtig wü'.
Im G'schäftamåch'n bin i fåst a Moasta,
bin gånz vorån, weil i a G'wixta bin.
Håb' flinke Füaß und stårke Boana,
i schau' um's Eck und leg di' um,
so måch' i mir mei' Gerstl,
ållweil, ållweil wieda,
weil i a G'wixta
und a Keiler
bin -i-
i!

Richt's euch auf d' Füaß

Zwoa Hås'n mit an braunem Fell,
de rühr'n si går net von da Stell',
se mearmeln rund um eah des Grås,
so wie scho' eahna Urgroßhås'.

A Blatterl durt, a Blatterl då,
a weng a Kräut'l hint'nnå'
und des geht so de gånze Zeit,
se fress'n mit Beschaulichkeit.

Natürli' werd'ns vo' dem net fett
und måtschkern daher um de Wett'.
„Wia guat tuat's do' de åndern geh'!",
såg'ns volla Neid – und Neid tuat weh.

Dabei gang's nur um's Umischau'n,
a wengl über Roa' und Zaun,
denn durt war's Kraut und neiches Fress'n.
„Ui, toat's net auf den Fuchs vagess'n!"
„Na, na, mia bleib'n scho liaba då,
des is uns z'hoch, des Risiko."

Moant's ös, des wa' a Hås'ng'schicht'?
Ihr liab'n Leit, des ist es nicht.
Es kunnt, ma wird mia des vazeih'n,
vo' d'Wåldviertla a G'schichterl sein!

Haxl stell'n und Wadl beiß'n

Da Haxlstella und da Wadlbeißa,
de zwei sand a Graus,
åber da Haxlstella und da Wadlbeißa,
de sterb'n hålt net aus.

Wånn da Haxlstella wem a Haxl stellt,
dånn låcht er saubled,
und er grinst si oan's, wånn der Niedafålla
dånn oahaxat steht.

Und da Wadlbeißa is a Schleichada,
vo' hint' beißt er au,
weil da Wadlbeißa, der vakiefelt's net,
wånn ER is net vorau.

S'kimmt vo' Neidigsein und Zwidrigkeit'n,
dass jeda bescheißt
und a da Haxlstella den Wadlbeißa
vo' hintarucks beißt.

Sollt's net s'Mäul vazahn und net låcha drüba,
jå, des wa' weit g'fehlt,
denn a de „brav'n" Leit håb'm scho' Wadl biss'n
und vo' hint' Haxl g'stellt.

Seit'nsprüngerl

A Seit'nsprüngerl, gånz a kloan's,
nur hin und wieder oamål oan's.
Na, na, des wa' jå do' a Sünd',
des måch' i net, i denk's nur g'schwind.

Net oamål denk'n kaun i drau,
weil i mi sowieso net trau.

De Feigheit, s'G'redat und de Schånd',
de gengan ållweil miteinånd,
denn de Moral, de håt an Schåd'n,
sie hängt ån einem dünnen Fåd'n.

Nur aus da echt'n Redlichkeit
san „hochmoralisch" wenig Leit.

Auf groß'm Fuaß

In Pater Baldrian seine Füaß san so broat wia seine Herrgottsschlapfan und fåst so groß wia Holzprieg'ln. Månche tat'n såg'n, er lebt auf groß'm Fuaß, åber des stimmt net gånz, denn er is wirkli' a bescheidener Mensch, so wia's de Ordensregel moant: „Bet'n und årbeit'n – Årmut und Keuschheit", ålles zur Ehre Gottes. Er hoaßt natürli' net Baldrian, sondern Florian, i såg' nur hoamli' Baldrian, weil er auf mi' so beruhigend wirkt. Er wirkat a no' ånderst, åba des trau i mi net laut såg'n.

Mia Weibaleit håb'm in da Kiarcha eh koan' b'sondern Stellenwert und werd'n glei' als verführerische Schlången ång'seh'n, drum måg i mia den Pater Baldrian går net recht ånschau'n, damit's net hoaßt, i speanzl mit eahm. Unlängst håb' i eahm bei oana Sitzung troff'n und weil er von so oana unbekümmert'n Fröhlichkeit is, håt er si glei' neb'm mi' g'sitzt. Då håb' i Zeit g'håbt, dass i mir den frommen Gottesmaunn vo' da Seit'n betråcht und håb g'merkt, er is wirkli' a vaflixt fescha Maunn, trotz seine groß'n Füaß.

Des derf ma' natürli' nur denka und nia, netsamol leise, såg'n. Drum håb' i mein' Sess'l a wengl weita daunig'ruckt und nimma umig'schaut. De Maunna håb'm eifrig dischkariert und i håb' nur gånz sachliche Beiträge g'liefert.

Wia de Sitzung aus wår, håb' i doch a wengl mit unserm Herrgott g'hadert und zu eahm aufig'måtschkat: „ Du kunntast da doch für die Berufung die schiach'n Maunnsbilder aussuch'n. Für di' sand doch ålle Mensch'n gleich vül wert und du bist weda Maunn noch Frau, sei do' barmherzig und nimm dir de Grauslich'n!"

Då håt da Herrgott obag'låcht und g'sågt: „Sei froh, dass ma i den Florian g'nomma håb', denn mit dem hättast koa Freud' net g'håbt. Er håt Schweißfüaß, schnårcht wia a Dåmpfross, wåscht si' spärlich und s'Bier schmeckt eahm öfta vü z'vü."

Då håb' i g'wisst, dass ålles vo' da Weit'n bessa ausschaut åls vo' da Nochat, und seither vagunn i's dem Stift, dass se den Pater Baldrian håb'm.

Wia in Berndi seine Füaß Flüg'l kriagt håb'm

Da Bernd is scho' seit åchtazwånz'g Jåhr Kellner. Des hoaßt, eigentlich is er a Ober, denn er is natürli' scho' avanciert, „Chef de Service" sågat'n de noblich'n Leit. Es is åber wurscht, wia ma sågat, für mi' is er a freundlicha, diskreta, låchada Kellner, ållweil g'schwind und galant.

Des Låcha fållt eahm sicha net jed'smål leicht. Denn nåch an rennad'n Tåg san' seine Füaß so schwa' wia a buchas Holz. Hornhaut, Überboana und Schrund'n, des bringt a de beste Pedikür' net weg. B'sunders dånn net, wånn auf de Füaß 80 kg Lebendg'wicht lieg'n. Da Bernd wünscht sich in da G'hoam, dass er Flüg'l hätt' oda zumindest Rollschuach. Weil er so a Guata is, der de Noblich'n gråd so freundlich behåndelt wia de G'wöhnlich'n, so is eahm der Wunsch auf oamål in Erfüllung gaunga.

Es wår ån an schen' Hirbsttåg, då sitzt si a Weibaleit ån den Siebnertisch. Sie bestellt si a leichtes Menü und a Orangensafterl und schaut bei da Bestellung dem Berndi kirz'ngråd in d'Aug'n. Auf oamål wåchs'n dem Maunn Flüg'l, er fliagt dahi', um 20 kg leichter, serviert mit Eleganz und gleitet davo' wia a Schlitt'n åm Neuschnee.

De Dame schaut eahm nåch, vagisst fåst auf's Ess'n und trinkt ihr Safterl wia an französisch'n Champagner. Nåch oana Stund' zwitschert's: „Ich möchte zahlen!" Da Berndi rollt leichtfüaßig zu ihr und vasinkt in ihre Aug'n. Dånn sågt er hölzern: „Beehr'n Sie uns bald wieder!" Sie håt eahm wirkli' wieda beehrt – und sie beehrt eahm no' ållweil, åber de Flüg'l håt's dem Bernd g'stutzt und er g'spürt wieda seine Schrund'n.

Zechan aufg'stellt

Hiatzt håt da ålte Bürstlberger Josef de Zechan aufg'stellt. Vo' oana Minut'n auf de ånd're håb'm eahm d'Füaß valåss'n und wia a wieda munter word'n is – wår a tot. Er is selbstverständli' in Himm'l kemma.

De letzte Wånderung wår net lång. De kloanen Sünd'n, de er in sei'm Leb'n gern begaunga håt, büaßt er beim Umigeh' åb.

Åls Stråf' muass er vo' ob'n mitånschau'n, dass bei sei'm Begräbnis da Krånz vo' da Feuerwehr kleina is wia der, den's in Huber vorig's Jåhr kaft håb'n. Des zwickt in Bürstlberger.

Er daspeanzlt a, dass's beim Tot'ntrunk nur a kloan's Gulasch gibt, und frågt si', wårum er de Seinig'n net an Schweinsbråt'n wert wår.

Für a åndere Sünd', de da Bürstlberger begånga håt, zoagn's eahm de Paula. De reahrt schreckbår ån sei'm Gråb. Oh mei, de Paula, de håt eahm wirkli mög'n, und er håt's sitz'n låss'n. Wia er åber åbi schau'n derf zu der Seinig'n, då woaß da Josef, dass er de Richtige g'numma håt.

A påar kloane Sünd'n nu, zum Beispiel, dass er in Nåchbårn sein Grenzstoa a wengl varuckt håt, dass er de Heah' vom Mayrhofer ållweil vajågt und sogar zwoa davo' å'gragelt håt, des trågt dem Bürstlberger nu an brennanden Blick auf de Erd'n ei'. Er siacht, dass's eahm zu seiner Schwiegermuatta ins Gråb leg'n, und jetzt müass'n seine Boa' a Ewigkeit lång bei dera Keifzång' lieg'n.

Åber dånn mächt da Herrgott de Erd'nfenster zua und da Bürstlberger Josef derf in de ewige Seligkeit. Amen!

De schenan Tram

Leicht wia a Feda san da Paulin ihre Füaß und es håt den Ånschein, åls ob's no' nia åm hårt'n Bod'n g'stånd'n war'n. Åbg'hob'n is des Madl und himbeernrot sand ihre Zech'nnäg'l. Reihanweis lagat'n ihr de Maunnsbilder zu Füaß'n, åber sie tramt vo' oan, der Geig'nspiel'n kau. An Musika mit tausend Melodien im Kopf, zårt, mit långe, schmåle Händ' und Fingaspitz'n mit G'fühl.

Zu jed'm Konzert rennt's und spechtelt mit'n hålbat'n Streichorchester, nur, bis vor oana Wocha is ihr koana zuag'flog'n. Åber am letzt'n Såmståg mächt sie an Blick auf de hintere Konzertbühne und siacht, wia da Tubabläsa zu ihr hi'scheagelt. Glei' in da Pause is ihr der zuwig'sprunga, håt freundli' grüaßt und ihr de Hånd å'busselt.

Schiach is er wia da Zins, pråtzade Händ', so groß wia a Abortdeck'l, und groß beankat, mit an Gnack wia a Fleischhåckahund. Weil er åber so a z'legta Lackl is, kånn er sie auf de Händ' tråg'n, und des tuat er a.

So is's mit de Tram, ållweil miass' ma a Trum davau wegastreich'n. Åber wås wa de Welt ohne Tram? A hårte Welt. Schene Tram gibt's, a wånn's a Gnack håb'm wia a Fleischhåckahund.

Auf Freiersfüaß

Freiersfüaß san Füaß, mit denan ma auf Brautschau geht. Es sand eigentli' Füaß wia ålle åndern a, åba ma fühlt si in eahna leichta. Månchane schweb'n dahi', åls wurden's vo' da Liab tråg'n, åber es gibt a solchane, denan im letzt'n Moment aufstoßt, dass hiatzt vielleicht mit de freien Füaß z'End geht.

So is's a dem Zainzinga Mandi gaunga, wia er mirkt, dass eahm de Andrea nimma auslåsst. Beim Mandi wår's nämli' koa Brautschau mehr, weil er de Andrea eh scho zwoa Jåhr lång ång'schaut håt – und net aglei ång'schaut. Seine Freiersfüaß håt er si scho' å'tret' und er geht hiatzt eigentli' nur mehr von da Kuchl ins Schlåfzimma. Trotzdem, seitdem er woaß, dass de Hochzeit zuwakimmt, is er a wengl aus'm Tritt. Es hilft nix, då muass er durch. Åbsåg'n war a Schånd für sei' Familie, für ihr Familie und für eahm a Maleur, denn dånn tät er sei' Andrea valier'n. S' Wirtshausgeh' is a Spießruat'nlauf, denn de Maunna fopp'n eahm mit saublöde Sprüch'.

„Unsa liaba Mandi
kriagt s' Fångeis'n auf's Handi,
des wird eng und bitta,
geh', zåhl' uns no' an Lita."

Obwohl da Zainzinga sunst gern zwoa, drei Achterl trinkt, so måg er hiatzt går nimma in's Wirtshaus geh'. Im Hirbst wird er fünfadreiß'g und vorig's Jåhr håb'm eahm de Maunna nu g'hanselt:

„Da Mandi, da Mandi,
der wird scho' überstandi'."

Jå, heiratst net, so såg'ns, du warst a depperta Jungg'sell und kriagst koane mehr. Heiratst, so såg'ns: „Schaut's eahm au den Nårr'n, der gibt sei' freies Leb'n auf." De Spötter håst so und so hinter deina. So håt er hålt g'heirat, der Zainzinga Mandi, und wider Erwårten g'fållt eahm die Eh' schia. De Heiraterei wår eh scho' höchste Zeit, denn in åcht Monat' wird er Våta.

Füaßerl werd'n Füaß

Füaß san scho' wås, über de si s'Schreib'n auszåhlt. Es håt a jeda seine b'sondern so wia sein' Fingeråbdruck. Då gibt's große und kloane, broate und schmåle – solche mit aufdrahte Zechan, Plåttfüaß, Spreizfüaß, knochige und zårte, vahutzelte und ebenmäßige. De ållerschönst'n san åber de Kinderfüaß, de, de'st in oa Hånd einibringst und de no' nia am Bod'n da hårt'n Welt auftret'n san. Müatta busseln's å' und g'freu'n si', dass's wirkli' ålle fünf Zecherln håb'm. Då wird oaman da Kopf volla Gedånk'n. Wohi' werd'ns geh', de Haxerl? In wüvü' Gatsch werd'ns steig'n müass'n? Wia oft werd'n sa si' dasteß'n und aufschind'n? A Zeit lång kånnst as nu drübaheb'n über de bucklig'n Weg'n, de wund'n Stell'n blås'n und mit Pflåster vapick'n. Åber se gengan, wia's woll'n und wia's eah aufg'setzt is. S'Schuachkast'l im Vorhaus wird laa' und da Dreck, den's da einiträg'n håb'm, går. Ob's da wieder oamål oan einaträg'n? Deine Füaß kinnan nimma nåchirenna - a guat, weil's da eh scho' wehtoan.

Auf leicht'm Fuaß

Möcht' auf leicht'm Fuaß leb'n,
nur nehma, nix geb'n,
s' gang oam koa Gaudi å,
åls Hollådaro.

Leichte Füaß, große Füaß,
so wa des Leb'n süaß,
ålt werd'n und net jung sterb'n,
koan G'spaß net vaderb'n.

Kam net des dicke End',
des oaman do' darennt,
weil's is des oane g'wiss,
s'gibt koa Paradies.

Koa Paradies auf Erd',
weil des in Himm'l g'hört,
drum bist auf dera Welt
auf schware Füaß g'stellt.

Vieravierz'g Füaß

Vieravierz'g Füaß, åba nur zwoarazwoanz'g Köpf. Ålso nur de Hälfte Köpf und doppelt so vü Füaß – wås, wånn då nur oa Kopf auslåsst? Åber öfta håb'm scho mehr auslåss'n. Zum Glück nur oa Båll'n für zwoarazwoanz'g Köpf, wås wieder a Pech is für vieravierz'g Füaß. Vieravierz'g Füaß für nur oan Schiedsrichter mit zwoa Aug'n, der muass scheageln kinna. 100 Zuaschauer schau'n mit 200 Aug'n auf vieravierz'g Füaß – kemman auf oa Aug 4,4 Füaß, des is scho bessa.

6500 m^2 håt a Fuaßbållfeld. Jessas, des san jå 147 m^2 für zwoa Füaß und 249 m^2 für oan Fuaß, des is so groß wia in Fuaßbållpräsident'n sei' Haus. Drum hoaßt's bei jedem Spiel vü renna, damit jed's Fleckerl ausg'füllt is. Guat, dass da Schiedsrichta mit seine zwoa Füaß doppelt so vü rennt bei oan Spiel wia die Spieler, er füllt de laaren Fleckerl. A Jåmmer für den Råsen, denn auf jedem Fuaßbållschuach san åcht Stoppeln, des måcht mit'n Schiedsrichta 368 Stoppeln, de den Råsen ruinier'n. Ma' derf's åber net genau nehma mit da Rechnarei, weil do' da Elf-Meter aglei 9 Meter fuchzehn is und ma si daher nia danåch richt'n kau, dass åll's stimmt.

Darum rech'n, wia'st willst, a Fuaßbållspiel is einfåch a Wunder! Spiel'n toan's zwoamål 45 Minut'n, san 90 Minut'n, wånn da Schiedsrichta d'Uhr kennt und wånn's koa Valängerung gibt. Wånn 22 Spieler 90 Minut'n spiel'n, so war' n des, wånn jeda alloani spielert, 1980 Minut'n, ålso 33 Stund'n. Kriagat oa Spiela sovü, åls a Mechanikastund' kost', nämlich 71 Euro, so kostat so a Spiel 2.343 Euro, des san 32.240 Schilling. Wundert's enk daher, dass d'Fuaßbåller so teuer san?

2002

Vier Füaß

Er geht zwår auf vier Füaß
und håt a braunes Fell,
er is net kloa und süaß
und håt a schiefes G'stell.

De Ohrwasch'ln sand lång,
er kaunn a koane Tånz,
und seltsåm is sei' Gång
zweng seinem krumman Schwånz.

Doch is er a net sche',
er is mia liab und wert,
und wånn i mit eahm geh',
dånn woaß er, wås si' g'hört.

A treues Exemplar
is er zu jeder Zeit,
bei d'Mensch'n is des rar
zweng eahn'ra Eitelkeit.

Lug'n håb'm seltsåme Füaß

Liag net", sågt de Muatta, „du håst da wieda d' Füaß net g'wåsch'n!" „I liag net", jammert da Andy, „gestan håb i ma's ei'g'woackt, åber heit zåhlt sa si' net aus, weil i's eh morg'n wieda dreckig måch". So is's mit da Lug', ma kånn's drah'n, wia ma wü, öfta is a Lug' går koane und do net de Wåhrheit.

S' Greterl sågt: „De Nåchbårin ist schiach", des is zwår de Wåhrheit, åber s'Kind kriagt trotzdem a Fotz'n, weil de Wåhrheit da Menschheit oft mehr Schåd'n is åls de Lug'. Öfta möcht' ma a Lug' liaba glaub'n, weil's so sche' wa'. De Annerl glaubt's, obwohl da Willi no zehn åndere håt.

So geht's a unsaroan, wånn ma auf a Ausstellung geht und si' de Bild'ln ånschaut, wås de Måler auf eahnare Leinwånd pinselt håb'm. Då liegt a Nåckate auf oana Deck'n und låcht unschuldig und süaß. Vielleicht is's eh so g'west, åba i moan, es is a Lug', weil a Weibaleit si nia so hi'legt und dabei so låcht – na, so net.

Auf an ånder'n Bild'l san nur zwoa Strich – in Rot und in Gelb, da Måler håt druntag'schrieb'n „Frau mit Schuh". Des is sicha a Lug', denn ma siacht nirgendst a Frau und scho' gar net an Schuach. S'kunnt åber do' de Wåhrheit sei', denn vielleicht is de Frau auf'n Strich gaunga und scho ums Eck vaschwund'n.

Vor de Bilda stengan an Haufa feine, g'scheite Leit, de dischkarier'n und zwickan s'linke Aug' zua, wånn's Bild'ln ånschau'n. „Der Meister hat gefühlt, der Meister hat gedacht, stark, stark – der Pinselstrich, die Ausstrahlung."

Und so lüagn's und lüagn's, oana kånn's bessa wia da åndere. I bild' mir ein, dass net amål de Hälfte wås vasteht davo' und dass's eh nur kemma sand, dass's g'sehg'n werd'n und zweng an Buffet. Endli' ziagt oana sei Scheckbüachl außa und schreibt a vierstellige Zåhl. Da Måler schreibt a kloan's Zetterl: „Verkauft", pickt's aufs Bild und g'freut si' drei Monat lång.

I vadruck mi, weil sunst siacht ma mir's no au, wås i ma denk, nämlich, dass de Lug' seltsåme Füaß håt und an jed'n dawischt, sogår die Kunst.

De Schuachvakäuferin

Seit fuchzehn Jåhr und etla Tåg
håt d'Mariann de selbe Plåg,
sie buckelt vor de åndern Leit,
hilft eah in d'Schuach und nimmt si' Zeit,
dass ihre Kund'n z'fried'n san,
a wånn's as månchmål schimpf'n tan.

Des is a Job, der tuat scho' quäl'n,
und d'Mariann kånn vü dazähl'n.
Då kemman oft gånz feine Zümpf,
do' oberbei håb'n's z'riss'ne Strümpf,
dånn oana wieda putzt und chic,
der stinkt åls wia a Kasfabrik.

De ålte Bäu'rin wa' bescheid'n,
nur tuat's ån Heahnaaug'n leid'n,
und trotzdem will's an Schuah, schia sche,
für'n Sunntåg håb'm zan Kirchageh.
Da Bauer steht gånz streng neb'mbei:
„A Lederschuah für's Wei' is z'tei!"

Zehn Påar håt d'Mariann scho' brächt
zur neich'n Kundin, de håt g'lächt
und g'sågt, de sand ihr zweng modern.
Mein Gott, es is zum Narrischwerd'n,
denn diese Frau im schenen G'wånd
håt Vorfüaß wia a Elefånt.

Na, solche Leit wird ma net g'wehnt,
mit'n Nerv is d'Mariann åm End
und sie beschließt: „Der Job wird g'schmiss'n,
wü nix mehr vo' de Såch'n wiss'n."
Då kimmt a Kunde, der probiert
sche ruhig, bis wås passert wird,
und sågt zum Schluss – sei' G'sicht spricht Bände:
„I leg mein Fuaß in Ihre Hände,
es steht auf Sie mei' gånzer Sinn!"
Und sie bleibt Schuachvakäuferin.

Meine Füaß, deine Füaß, unsre Füaß

Schmaul di' zuwa, i warm da de Füaß!
Denk net ån morg'n, des Leb'n is süaß.
Glaub an de Liab hiatzt und sei's für a Stund',
heit' is de Seligkeit mit uns im Bund.

Wånn's nur für oa Stund' is', måch i mi davau,
zum Füaßwarma find' i mir ållweil an Mau'.

Da Stolpara

Dasteßt si' über d'eig'nen Füaß, da Stolpara, da Scheuche.
Sei gånzes Leb'n is a Maleur, wia fiacht' er ålles Neuche.

Des Unglück ziagt er magisch au, es trifft eahm ållweil wieda.
Gibt's a Gewitter irgendwo, da Blitz fåhrt vor eahm nieda.

Dass er ållmål da G'schnåpste is, des wird der Maunn net inna,
er stolpert åhnungslos dahi' und låsst de Zeit varinna.

Letzt' Wocha håt eahm s'Glück besucht, er håt an G'winn å'g'hebt.
Hiatzt grüaß'n eahm de Leit vom Dorf und wiss'n, dass er lebt.

Du Bloßfüaßiga

Du Bloßfüaßiga!", wås is då drån a Schimpfwort? San ma net ålle bloßfüaßig auf d'Welt kemma? In da Totentrucha war's oawes'n, åber sogår dort ziagn's uns Söck'ln au.

I neid's de Bloßfüaßig'n, se g'spür'n den Bod'n, låss'n den Sånd zwisch'n de Zech'n rinna und stengan mit'm gånz'n Fuaß mitt'n im Wirklich'n. Unsaoans håb'ms Schuach aufig'redt, a wånn's net kålt is. De Sohl'n werd'n ållweil dicka und des G'spür für d'Erd is uns vagaunga.

Åls Bloßfüaßiga hintalåsst ma menschliche Spur'n, mit beankata Schuach zahatscht ma de Wies'. Von unt' aufa is's G'fühl weniga word'n und des Laare is uns långsåm in's Hirn g'stieg'n. Hiatzt is „Bloßfüaßiga" a Schimpfwort. Mia schimpf'n üba de Schwårz'n und kinnan nimma glaub'n, dass a de aglei fünf Zechan håb'm. Mia tret'n uns geg'nseitig mit g'någelte Schuach und g'spür'n nimma, wia vanågelt mia scho' san.

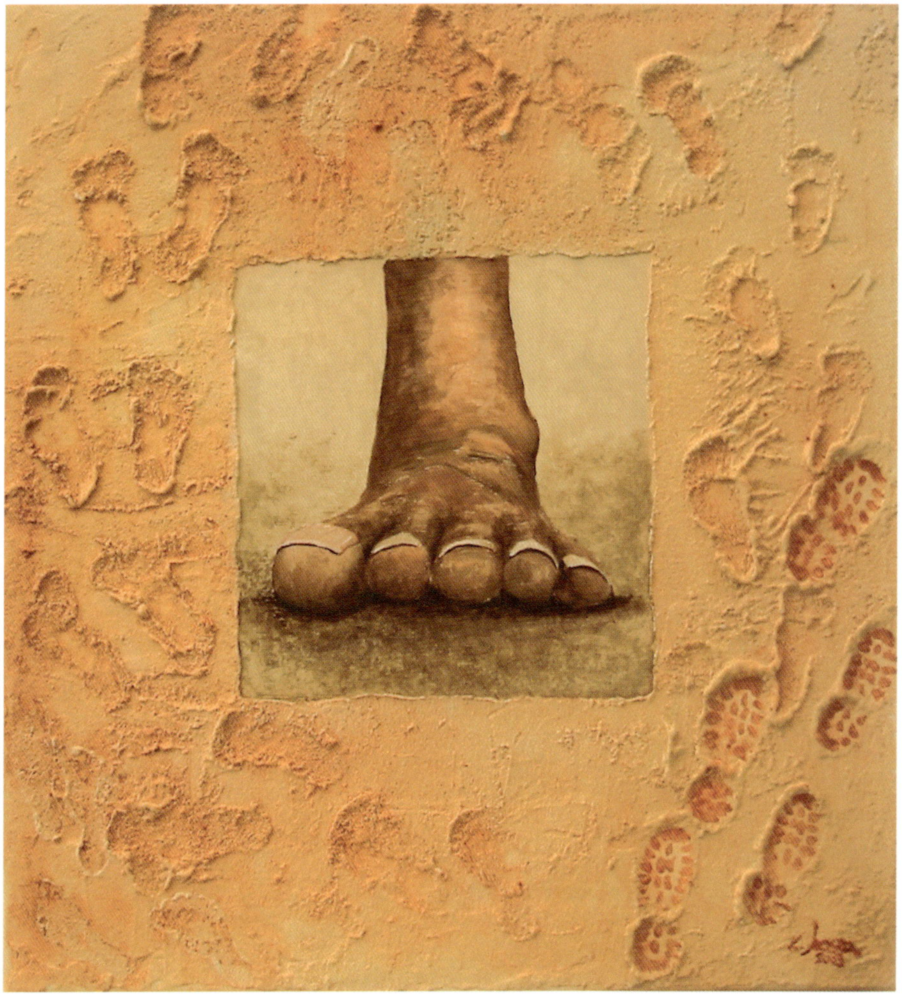

Füaß båd'n

Sie: Willst da deine Füaß net båd'n?
Des wa' hiatzt'n wirkli' Zeit.
Wånn'st so bist, kånn i di gråt'n,
weil mi so a Maunn net g'freit.

Er: Willst net endli' oamål still sei'?
I kånn di' scho' nimma hör'n.
Wånn'st so bist, kånn i di gråt'n,
so a Weib, des tuat mi stör'n.

I: Wollt's es zwoa net drüba låcha,
üba eucha Blablabla?
Kunntat's ös vü schöna håb'm,
måcht's euch selbm des Leb'n schwa'.

Se: Ihna geht des wirkli' nix au,
unsa Leb'n is in da Reih',
und mia watsch'nan uns scho' selba,
brauch'n Ihna net dabei.

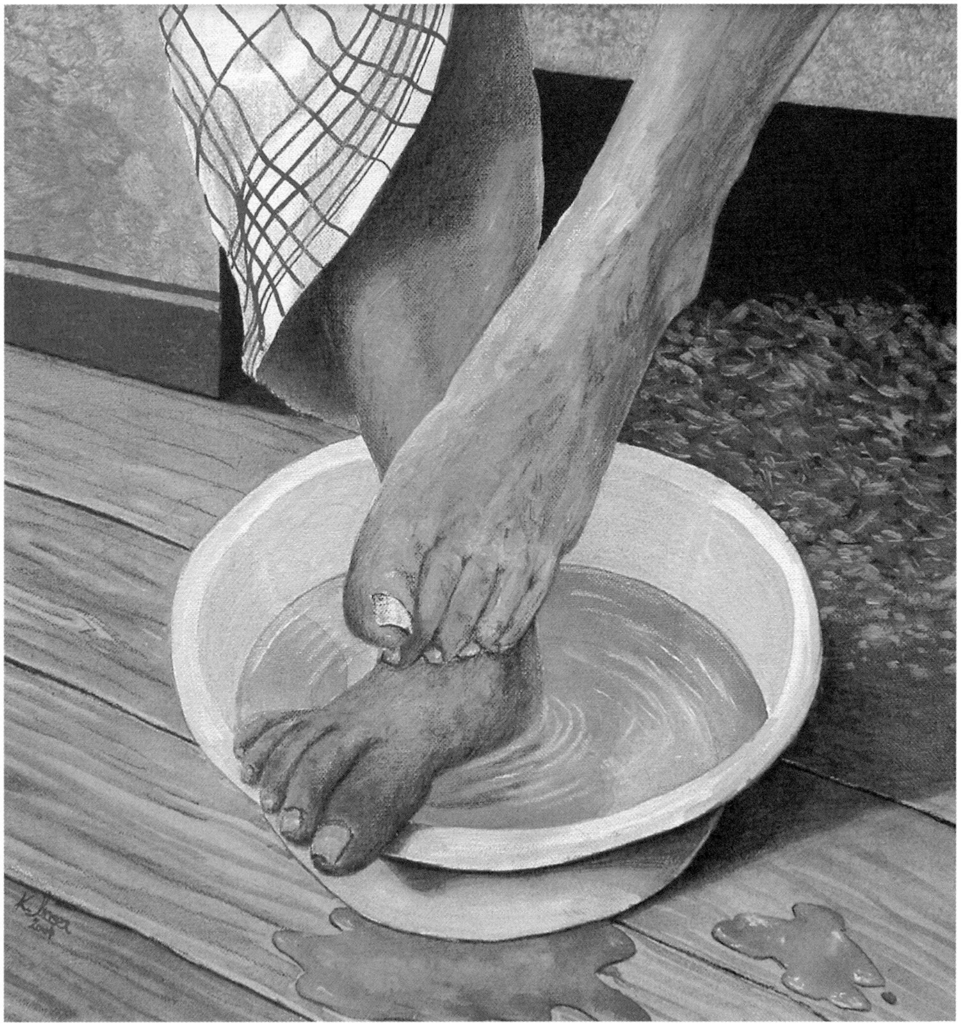

Der Tänzer

Da Erwin, und des is gånz selt'n,
der is a Tänza exzellent,
des Sitzenbleib'n låsst er net gelt'n,
weil er a jedes Tanzerl kennt.

Er tånzt voll Inbrunst und vabiss'n,
des Tånz'n is sei' Lebenssinn.
Z'letzt håt' s eahm åber niedag'schmiss'n,
sei linkes Füaßerl is jetzt hin.

Liegt im Spitål gånz åls a Stumma,
dort hängan d'Gipsfüaß Reih ån Reih,
a Schenk'lbruch, a gånz a dumma,
der liegt im Bett glei' nebenbei.

Der håt an Bleifuaß g'håbt beim Lenk'n
und is vom Gas net obag'stieg'n.
Hiatzt kinnan's ålle zwei vü denk'n,
weil's Hirn is Gott sei Dånk net hin.

Da Fuaßmåler

Er greift mit d'Füaß,
er målt mit d'Füaß,
dem Bild'l sach des koana au.
I druckat eahm so gern de Hånd,
dass i eahm dånk'n kau.

D' Füaß å'g'riss'n

Da stinkfeinan Baufirma Maurerhackl & Co håt's de Füaß å'g'riss'n. Konjunkturflaute, Steuererhöhung und Exportschwierigkeit'n wår'n net da alloanige Grund. Na, da Juniorchef, der Heinzi, wår a leichtlebiga Fuaß und d'Årbeit is eahm net sonderli' g'leg'n.

Seine Füaß wår'n nämli' nur zum Golfspiel'n g'richt' und bewegt håt er si' ånsunst'n nur im BMW. Natürli' in an Siebz'ga BMW mit 272 PS und dem Preis vo' 72.700 Euro. G'heirat' håt er a Reiche und s' Geld vaputzt mit åndere Weiba. In sei'm Büro håb'ms eahm nur åm sündteiren G'ruch kennt, den er hinta seina nåchzog'n håt, wånn er um elfe ei'burrt is und um zwölfe wieder aus.

A blede G'schicht wår des mit'n Finanzåmt. Da Maurerhackl håt g'moant, er kunntat ålles åbschreib'n, a sein Urlaub auf de Malediv'n. Er wollt' dem Finanzer ei'red'n, dass er dort de Såndqualität überprüf'n håt miass'n und Kost'nvorånschläge ei'hol'n. De Firma Maurerhackl kaft åber scho' seit zwoanz'g Jåhr den Bausånd in Gneix'ndorf.

A vom Restaurant „Zum feinen Binkel" schreibt er ålles åls Årbeitsess'n å und no' de Rechnung vo' drei Doppelzimma. Nau, und so håt er a Steuerprüfung kriagt. Oa Monat lång schnofelt da Finanzer in da Buchhåltung umanaund und da Heinzi håt auf sein gepflegten Tåg in da Beauty-Farm vazicht'n miass'n. Då wår da Maurerhackl åber sauer, sei' Whiskeykonsum is um 30 Prozent g'stieg'n.

Drei Woch'n späta kriagt de Firma Maurerhackl einen Nåchzåhlungsbescheid über 190.000 Euro. Då mächt si da Heinzi mit sein Schwårzgeld auf d'Füaß und fliagt mit sei'm Kebswei' nåch Mexiko. Er is åb dem Zeitpunkt unbekannten Aufenthalts. Sie, de Maurerhacklische, bleibt auf da Firma mit de ausg'riss'nan Füaß sitzen und vaklopft sche långsåm den gånz'n Besitz.

De weiß'n Schuach

Den Blinddårm håb'ms ma g'riss'n und wia i sche långsåm aus da Narkose aufwåch' und in Kopf a wengl umidrah, siach i weiße Schuach und weiße Hos'nhax'n neb'n meina steh. Seelenruhig steht då oana mit weiße Schuach und mi durchzuckt a Gedånka – i bi' tot. A Engel is des, der då steht, denn wer trågat denn sunst weiße Schuach? Då i åber mei' Lebtåg net glaubt håb', dass i schnurstracks in Himm'l kimm, sondern a wengl ins Feg'feuer, so is ma ei'g'schoss'n, i kunnt vielleicht åm Tennisplåtz oder Golfplåtz sei'. Wia i åber „Golfplåtz" denk, då wird's liacht und i woaß, a Doktor steht neb'm meina.

Hiatzt håb' i fåst no' mehr Ehrfurcht wia vor'm Engel. Jå, jå, de Ärzte, de kemman auf leis'n Sohl'n und schau'n di' vo' ob'n oba au, sehr trock'n såg'ns dånn: „Der Appendix von Zimmer 16 ist okay." I hör' nu, wia oana des Taferl am Bettend' in d' Höh' klåppt und nåch oana Pause frågt: „Frau – Frau Kerndl, geht's uns gut?" und i nick'. So leise wia's kemma san, vaschwinden's wieda, de Såch vom Zimmer 16 is erledigt. De weiß'n Schuach måch'n koan Lärm, de Ärzte schweb'n damit, engelsgleich, und nur a zårter G'ruch vo' Soaf und Rasierwasser bleibt z'ruck.

Da Aussteiga

Bi' a lausiga Hund,
åba des hålt' mi g'sund,
leb' für Hunga und Durscht
und de Leit sand ma wurscht.
So a frei's Luadaleb'n
is a wåhrlicha Seg'n.

Zwisch'n Stoana und Roa
bi' i meistens alloa
und es g'freut mi' hålt schia,
wånn's werk'n åls wia,
uns're Bau'n auf'm Feld,
für a schundiges Geld.

I geh' gern durch'n Wåld
in da Friah und net z'båld,
lass' a Liadl keck weg,
bi' in Jagern eah Schreck,
weil mia mächt's a Mordsfreud',
wånn i' s'Wild eah' vatreib'.

Des is's Leb'n, des ma g'fällt,
nur im Winta is's kålt,
doch då stiehl i a Henn',
und a Diab bi' i g'wen,
führ'ns mi åbi auf Stoa,
bin i a net alloa.

Und i fråg' euch ihr Leit,
ob so a Leb'n enk net g'freit,
åber es steht's auf's Geld,
des vadirbt enk die Welt
und mit'm Hackeln und Schnorr'n
is des Leb'n enk vadorb'n.

Wårme Füaß

Hiatzt måch'ns jå scho' hinta jeda Stådlwånd an Adventmårkt. Stand'ln, Blåsmusi', Zitha-grupp'n, Männerchöre. De stille Zeit wird aufpoliert mit Autobus voll Leit, Lärm und Håsterei. Net so bei uns im Dorf. Mia håb'm natürlich a an Adventmårkt, åber der g'hört mehr uns åls den Fremden. A bissl g'müatlich z'såmmg'setzt, a wengl tråtscht und a påar Standl'n mit Adventkränz', Weihnachtsbäckerei und Künstler sand aus unserer Ortschåft.

Scho' seit dem ersten Adventmårkt, den ma åbg'hålt'n håb'm, strickt de Anna Söck'ln und vakaft's auf an Stånd. Schåfwollene, baumwollene, långe, kurze, große und kloane. Wunderschön håndg'strickt und passad für jed'n Fuaß. Dass neamd kålte Füaß kriagt in da Wåldviertla Wintazeit, des is da Anna ihr sozialer Aufträg.

Unsa Gmoa håt 1600 Einwohner, fåst jeda håt zwoa Füaß, also war'n des 3.200 Söck'ln. Weil's åber viel Leit gibt, de a Großmuatta håb'm, de selbm Söck'ln strickt, so wird de Anna wohl mit 1.000 Söck'ln im Jåhr auskemma. Am 1. September fångt sie in s'Stricka au, und netsamol da Moik mit'n Musikant'nstådl kånn's vo' ihrer Årbeit drausbringa.

In biologisch'n Kreis'n g'hör'n de Anna-Söck'ln zum guat'n Ton. Ma geniert si' jå moast, wånn oan wer auf d'Füaß schaut und tat dakenna, dass ma koa solchane Fuaßbekleidung ånhåt. So sand mia in unser'm Ortschaftl båld ålle uniform gekleidet, zumindest wås de Füaß betrifft. Des Dorf der Anna-Söck'ln – wer koa håt, g'hört net zu uns.

Da Gmoaråt wird nächstens beschliaß'n, dass er de Mehrkindfamilien an Zuaschuss für Anna-Sock'n gewährt. Außerdem wird hiatzt da Burgamoasta an Kostenvorschlåg ån de Bundesregierung schicken: „Anna-Sock'n für de Politika", dass si' de net bei da nächst'n Wåhl kålte Füaß hol'n. Då wird de Anna a G'schäft måch'n, denn de Politika leb'n ja ålle auf groß'n Fuaß.

De G'schwindan vo' de G'schwind'n

Åls Ersters durt sei', åll's wiss'n woll'n und a Bomb'ng'schicht draus måch'n, des is de Zeitungsfritz'n eah Lebensziel. Freili' verwurschteln sa si' des Öftan vo' lauter G'schwindigkeit und dånn steht a Kas in da Zeitung. Wånn Sauregurk'nzeit is und si netsmål a Buagamoasta de Hax'n bricht, dånn miass'n sa si' wås aus de Fingern ziag'n und des is a schware Årbeit. Håt do' z'letzt a so a Revolverblatt'l zan 156. Mål a Ufo lånd'n låss'n, no' dazua bei de Wåldviertla. So a Schmus, åber de Vakaufszåhl'n vo' dera Zeitung san um dreiß'g Prozent g'stieg'n. A Menge Leit san ins Wåldviert'l g'fåhr'n, dånk schen!

Oft toan si de Reporta vo' lauta Tummeln mit da deutsch'n Språch schwa. „Fachvortrag für Zuchtsauen" åls Überschrift in der Rubrik „Weiterbildung". Des is sauba in d'Hos'n gaunga, weil si' da Huababauer bei da Redaktion beschwert håt, dass ER in dem Vortråg wår und net sei' Zuchtsau. Au weh, scho' wieda oa Abonnent weniga.

Dånn de vaflixt'n Druckfehler: „... die Kellnerin wieselte über die Bühne", nau und g'schrieb'n håb'ms: „die Kellnerin wischerlte über die Bühne". Nau ja, kau a passier'n.

Am liabst'n is de Zeitungsleit a schiache G'schicht: „Massenkarambolage auf der Süd-Ost-Tangente", „Großbrand in Stix-Neusiedl, 13 Häuser dem Erdboden gleich". A Banküberfåll mit dem Bild vom kasweiß'n Kassabeåmt'n. Des sand G'schicht'ln, då geht dem Journalist'n a Hormonstoß in's Bluat. De Bezirkszeitungen toan si' då leichta, in de Dörfer passiert ållweil wås, wås de Leit interessiert. „Kalb mit zwei Köpfen", „Ochse in die Küche eingebrochen", oder „Das Feuerwehrfest in Hinterdorf war ein schlagender Erfolg, drei Verletzte bei Rauferei".

Jeda wü gern in da Zeitung sei', wånn's wås Guat's is. „1. Preis im Sautrogrennen" (Bild vom Sautrog), „Neuer Obmann vom Seniorenbund", „Maria fand den größten ‚Buahint'n' (Krauseglocke)". „Du wårst in da Zeitung", såg'n dånn de Leit, „guat wårst troff'n" und a wengl a Neid is ållweil dabei. Für de Politika kånn's a Lebensnerv sei', wånn's vü' in da Zeitung san. Drum siachst da's a bei jed'm Festl und sie pflånz'n si auf vor de Fotograf'n. Bei der Eröffnung des öffentlichen WC's wår'ns wirkli' a dabei, de Leit vo' da Partei. Leider håt de Stådtverwåltung zum Zähl'n vagess'n und so kinnan de Politika dem zehntausendsten Besucher nimma de nåsse Hånd druck'n, schåd'.

Irgendwia kemman si de Zeitungsleit bei solcherne Såch'n ausg'nutzt vor, åber Berichterståttung is Berichterståttung. A wånn eahna neamd Bericht erståttet, müass'ns wås schreib'n und de G'schwindan sei' unta G'schwind'n.

Eierlikör verursachte Alpträume
Abseits oder nicht?
Neue Kampf-Ansage:
NÖN Landesliga
„Mir san a Wötpartie"
„Lustige Brautnacht"
Saustall-Kampf
geht in neue Runde

Mit'm link'n Fuaß aufg'stånd'n

An Haufa zwidane Leit gibt's auf da Welt, immringsmål bi' i a dabei. Wånn i mit'm fålsch'n Fuaß in da Friah aufsteh', an Schreck'n kriag' beim Spiaglschau'n, mi dreimål über'n Vorhausteppich dasteß' und s'Telefon gråd dånn läut', wånn i am Klo sitz. De Leit, de ma ån dem Tåg begegnan, san ålle meine Feinde. Da Nåchbår grinst zwoadeutig, da Bäck' red't saublöd übers Wetta und in da Trafik gatschen's hintafotzi'. Des is a Tåg volla Ärgernis und då muass ma jå zwida werd'n, ob ma wü oda net.

Nix is Bleda åls samsüaße Leit, de schia freundli' toan, wånn unsaoans zwida sei' wü, då fühlt ma si glei no grauslicha. Zwidane Leit, wånn ma selbm zwida is, des is wieda net so zwida, denn mit de Solchern brauchst nix red'n und di net z'såmmnehma. Es ist natürli' a klår, dass'd selbm schuld bist ån dei'm Zuastånd, denn ma kunnt jå åll's vü selbstvaständlicha hinnehma und über oan selbm låcha. Es schaut åber so aus, åls g'hörat'n de zwidan Tåg zum menschlich'n Leb'n.

Freili' gibt's Leit, denan kimmt gånz selt'n a Schmunza aus. Solche, de über d'Sunn schimpf'n zweng da Hitz' und über'n Reg'n zweng da Kält'n. Solche, denan åll's zweng heilig is, de in da Kirch'n sitz'n mit an boahårt'n G'sicht und von da froh'n Botschåft nix außahör'n. Oda solchane, de über ålles Heilige protzmäul'n und für de ålle Mensch'n åm Lånd grenzdebil san. Hochnåsert beuteln de ållweil den Kopf und zisch'n durch de Zähnt: „Ts – ts – ts". Mit ana Lårv'n wia a z'treta Holzschuach moanan's, dass eahn're Sorg'n de größt'n, eahn're Krånkheit'n de ärgst'n und eahn're G'scheitheit de höchste is. Då bi' i åber froh, dass i net zu de G'scheiter'n g'hör und dafür meine zwidan Tåg selt'n san.

Im Gleichschriatt

Links – rechts, links – rechts,
er möcht's, sie möcht's,
Gleichschriatt – Gleichschriatt,
mia san dabei.
Drei – vier, drei – vier,
net i, nur mia,
Gleichschriatt – Gleichschriatt,
in oana Reih.

Rechts g'schaut, rechts g'schaut,
net traut, net traut,
Gleichschriatt – Gleichschriatt,
lebt wundabår.

Neb'mbei, neb'mbei
war's frei, war's frei.
Selb'm sei, selb'm sei'
is net erlaubt.

Pfeif drauf, pfeif drauf,
gib's auf, gib's auf,
Ausbruch, Ausbruch,
hui, då håt's g'staubt !

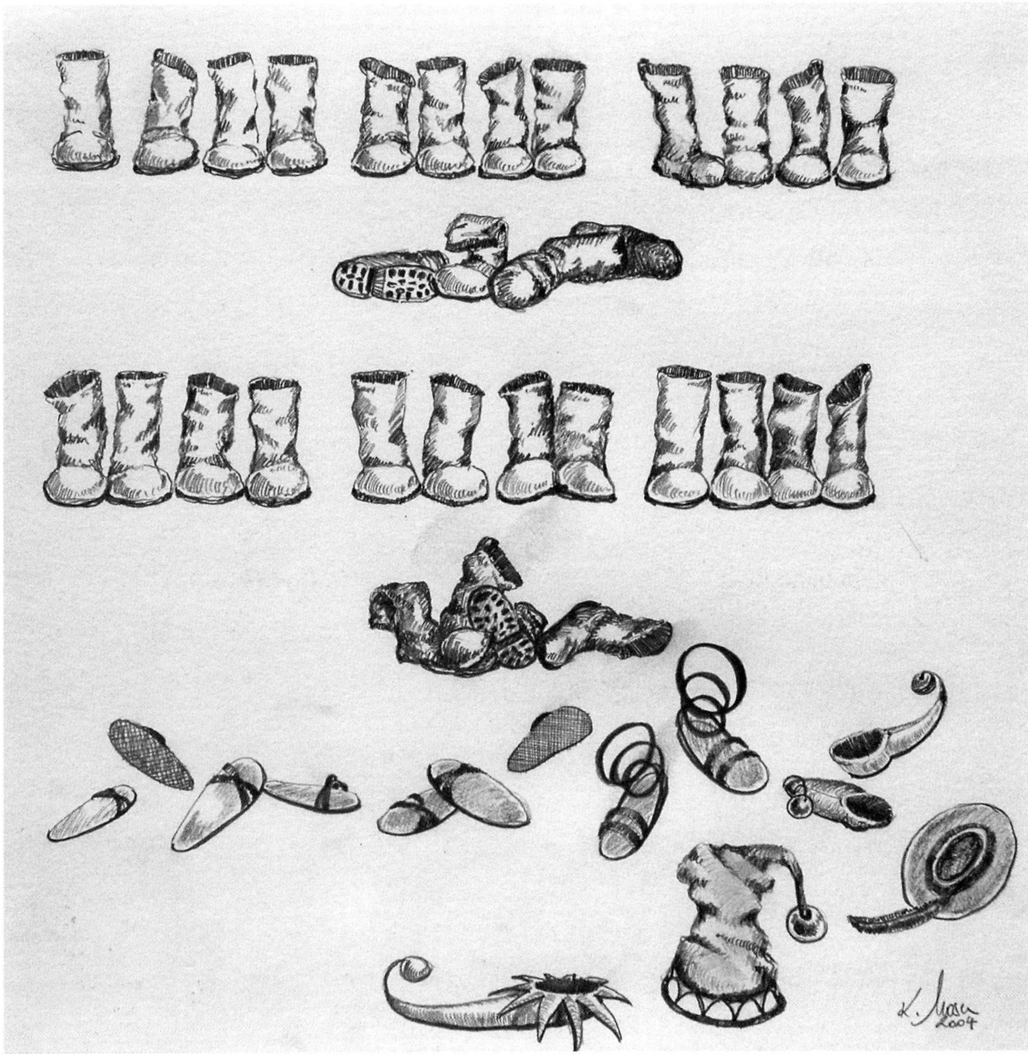
2004

Füaß in Stief'ln

Ängstli', åba neugierig woa i und fünf Jåhr ålt, wia drei Maunna de Stieg'n aufepoltert san. Riesengroß, mit schwårze, hoche, glaunzade Stief'ln. „Wo haben Sie die Fahnen versteckt?", schreit da oane d'Muatta au und dabei håt er sein Stief'l zwisch'n de Tür zwängt. Es geht um de Fåh' vo' da katholisch'n Jugend, de da Våta åm Dåchbod'n hintan Kåst'n zuwig'wurschtelt håt.

Wås brauch'n de Schwårzstiefla de årmselig'n Fåhnen? Hängan do' eh ån jedem Haus vü größare und schenane. Auf de vom Dåchbod'n is jå netsmål a Håkenkreuz drauf. D'Muatta håt gånz a weiße G'sichtsfårb und stottert, dass sie des net woaß und dass da Våta scho' vier Jåhr in Russlånd ei'g'ruckt is und er de Fåhnen wirkli' scho' längst daunig'schmiss'n håt.

Wårum de Muatta so liagt? Sogår i woaß, wo de Fåhnen stengan, åber såg'n trau' i ma's net. I schlåg' de Aug'n nieda, schau' wieda auf de sche putzt'n Stief'ln und denk' ma, wia vahatscht da Muatta ihriche san und dass i netta oa aus Gummi håb'. De Maunna gengan und såg'n, dass 's a Glück is, dass da Våta in Russlånd is.

Des wår im Winta und im Fruahjåhr, wia de Muatta g'sågt håt, dass mia heuer da Osterhås' nix bringa wird, weil der koa Geld håt, då håb'm ma uns in Erpfikeller g'sitzt zweng de Bomb'n. A Menge Weiba san mit uns då drin g'sess'n. Auf oamål håb'm de Weibaleit zum Woana aug'faungt und håb'm leise g'sågt: „Russ'n stengan vor da Kellatür." I håb' mi hing'schlicha, åm Bauch g'legt und beim untan Türspålt außig'schaut. Braune, beankate, dreckige Stief'ln håb' i g'sehg'n, då is ma wieda schia angsti word'n.

Wia dånn im Fünfafuchz'ga-Jåhr de neich'n österreichisch'n Soldåt'n durch unsa Ortschåft marschiert san und mit eahnare Stief'ln auf's Pflasta g'klatscht håb'm, da håb' i g'wisst, dass i Füaß mit Stief'ln wirkli' net måg, a wånn's nu so sche im Gleichschriatt marschier'n.

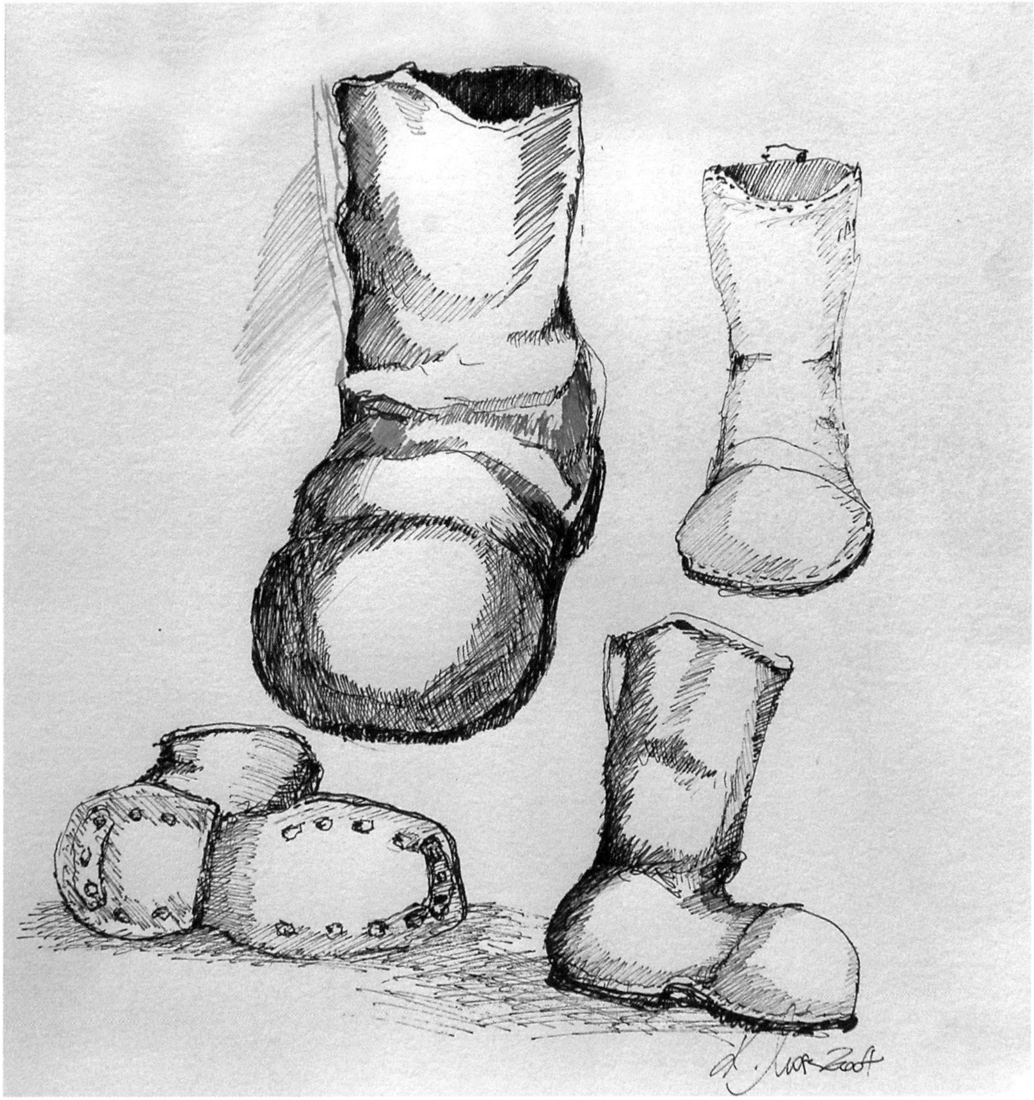

De letzt'n Påar Schuach

Kimmt net mit g'spornte Stief'ln
und net kålt, der blaue Tod.
Ziagt daher und nimmt de Wurzeln
aus da Erd' und aus da Not.

Zoagt dir net de Faust und s'Woana,
hebt nur Stund'nglås und Sengst,
und sei' Grins'n is a Låcha,
weil er woaß, wås du nia denkst.

Ohne Zeit und ohne Renna
is sei' Flug in dumpfa Friah.
Kimmt daher und is alloani,
nur wånn'st wårt'st, dånn kimmt a nia.

Wåldviert'l

Wånn de Fiacht'n eahna Pech auslåss'n,
de Bicherln zwida daunaschau'n
und da behmische Sturm umablåst –
bist ma gråd so recht.

Wånn's eisig wird und vawaht,
da Teich saukålt is und g'frert,
bist ma gråd so recht.

Wånn da Neb'l zuwakräult,
wånn's net Friah werd'n will
und de Sunn si' vasteckt –
bist ma gråd so recht.

Weil i di måg, wiast bist, solång mi de Füaß tråg'n.

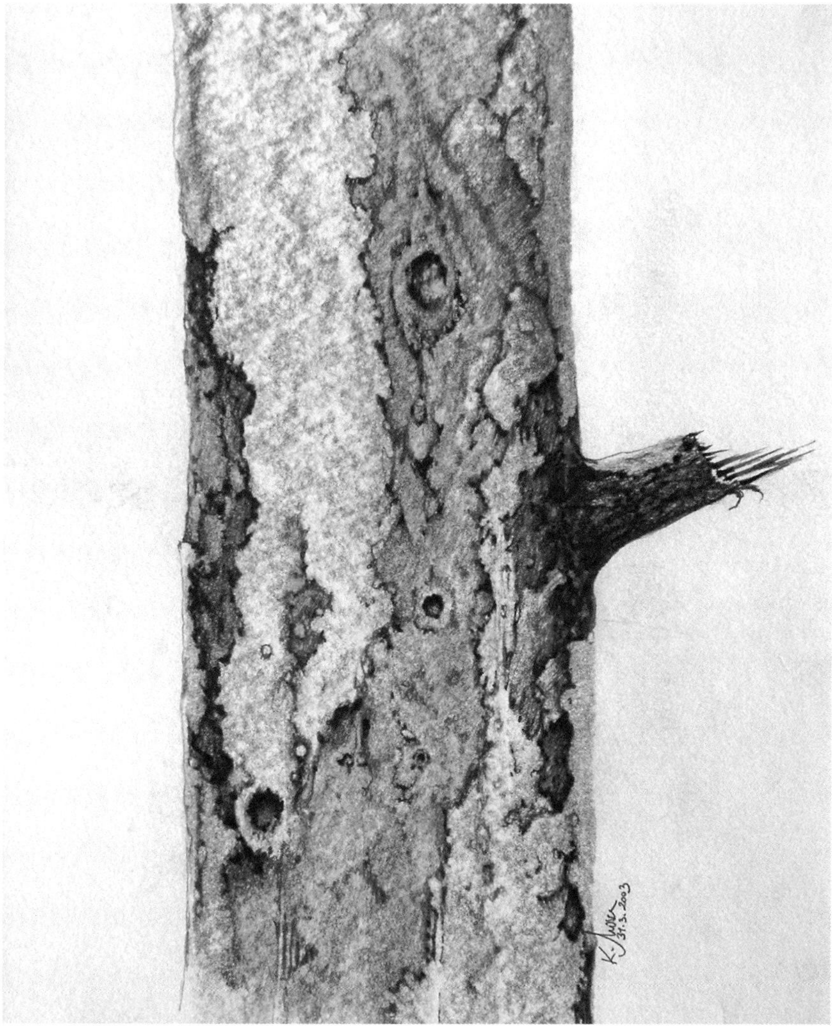
31. 3. 2003

Da Pendla

Hoamzua richt' i meine Füaß,
hoamzua rennan's a wen'g schnella,
wånn i unsan Rauchfång siach,
riach' i d'Knöd'ln auf'n Tella.

Hoamzua richt' i meine Füaß,
net, dass mi des Hoamweh plågat,
åber dass i furtbleib'n möcht',
s' wa a Lug', wånn ma des sågat.

S'Wåldviert'l, des ziagt mi her,
möchat kemma jede Woch'n,
dass i dem Landl treu sei' werd',
jå, des håb' i fest vasproch'n.

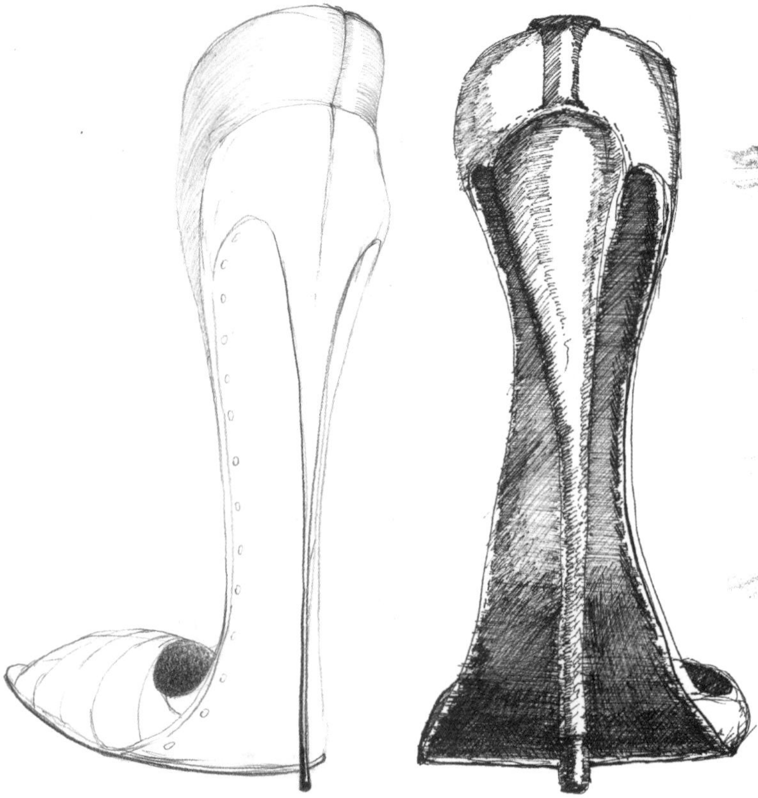

(Weites Land)
Vorne kalt
hinten warm

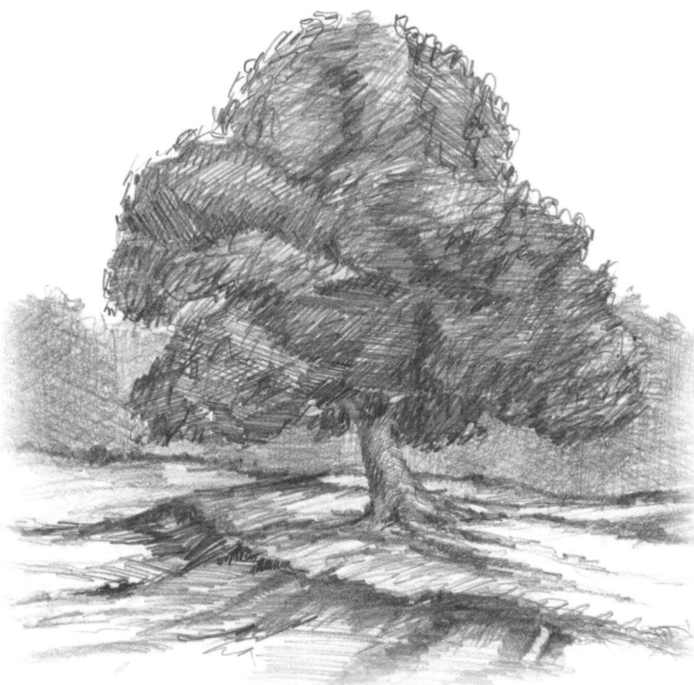

Wohi'?

G'rådaus oda hintaus?
Vazwickt is de Fråg.
Aufi oda åbi?
So fråg'ns ålle Tåg.

I mecht net nur müass'n,
mecht oamål nur woll'n
und wånn da Qui-qui kimmt,
eahm freiwillig folg'n.

Isolde Kerndl, geb. Puhl, wurde am 1. 11. 1939 in Wien geboren. Ihre Kindheit verbrachte sie in Maria Anzbach im Wienerwald. Sie maturierte 1960 an der Höheren Bundeslehranstalt für landwirtschaftliche Frauenberufe in Sitzenberg-Reidling und absolvierte die pädagogische Ausbildung 1960/61 im Bundesseminar in Wien, Ober-St. Veit. 1961/62 fand sie ihre erste Anstellung als Landwirtschaftslehrerin in Hollabrunn, 1962/63 arbeitete sie im Jugend-Lektorat und in der Werbeabteilung des Österreichischen Bundesverlages. Ab 1963 war sie als Landwirtschaftlehrerin tätig. 1989 wurde sie Direktorin an der Berufsschule Edelhof. Seit Herbst 2000 ist Isolde Kerndl in Pension.

Sie ist verheiratet und hat fünf Kinder. Seit 1960 betätigt sie sich als Schriftstellerin, sie veröffentlichte in verschiedenen Zeitschriften, hauptsächlich Lyrik und Kurzgeschichten. Bisher sind mehrere Bücher von ihr erschienen, viele gemeinsam mit dem mittlerweile verstorbenen Maler und Grafiker Johannes Fessl. Das Waldviertel, seine Menschen und deren Sprache sind das besondere Anliegen von Isolde Kerndl.

Karl Moser wurde am 28. 10. 1955 in Zwettl geboren. 1980 machte er eine Ausbildung zum Kupferdrucker, anschließend war er als Drucker in der „Galerie Zentrum“ in Wien tätig. 1986 eröffnete er eine eigene Werkstätte in Wien. 1988 übersiedelte er nach Zwettl. Karl Moser lebt und arbeitet als freischaffender Künstler in Rudmanns bei Zwettl. Seine bevorzugten künstlerischen Ausdrucksmöglichkeiten sind: Zeichnung, Aquarell, Acryl, Radierung, Holz- und Linolschnitt. Er gestaltet auch Buchillustrationen.

Seit 1979 hat er mehr als 200 Ausstellungen gemacht. Seine Werke befinden sich im privaten und öffentlichen Besitz im In- und Ausland. 1997 und 2002 erhielt er ein sechswöchiges Stipendium des internationalen Kulturverbandes „EUARCA“ (EUropean ARt CAmp) im Zuge der documenta X und XI in Kassel/Deutschland. 1998 nahm er an der „EUARCA“ in Stift Zwettl teil. Er ist Mitglied im Landesverband der nö. Kunstvereine und der Holzschneidergruppe „XYCRON“.